KB065326

문학과지성 시인선 505

# 숨살이 꽃

## 최두석 시집

문학과지성사

**문학과지성사에서 펴낸 최두석의 시집**

대꽃(1984)
성에꽃(1990)
사람들 사이에 꽃이 필 때(1997)
꽃에게 길을 묻는다(2003)
두루미의 잠(2023)

문학과지성 시인선 505
**숨살이꽃**

초판 1쇄 발행  2018년 1월 15일
초판 4쇄 발행  2023년 12월 1일

지 은 이  최두석
펴 낸 이  이광호
펴 낸 곳  ㈜문학과지성사
등록번호  제1993-000098호
주     소  04034 서울 마포구 잔다리로7길 18(서교동 377-20)
전     화  02)338-7224
팩     스  02)323-4180(편집)  02)338-7221(영업)
전자우편  moonji@moonji.com
홈페이지  www.moonji.com

ⓒ 최두석, 2018. Printed in Seoul, Korea

**ISBN 978-89-320-3073-9  03810**

이 도서의 국립중앙도서관 출판예정도서목록(CIP)은 서지정보유통지원시스템 홈페이지
(http://seoji.nl.go.kr)와 국가자료공동목록시스템(http://www.nl.go.kr/kolisnet)에서
이용하실 수 있습니다. (CIP제어번호: CIP2018000595 )

문학과지성 시인선 505

# 숨살이꽃

최두석

**시인의 말**

나에게 '꽃'이란 무엇인가. 속된 세상의 언어가
잠시 시로 태어나는 순간이라 할 것인가.
지상에 어떤 아름다움이 잠시 피어나는 순간이면서,
지상에 어떤 희망이 잠시 이루어지는 순간이라 할 것인가.
세상 생명의 근원인 씨앗은 꽃이 피어야 맺힌다.
그러므로 사람의 숨결도 꽃으로부터 온다.
나는 시의 꽃을 피우려 하고
꽃은 나의 호흡에 생기를 불어넣는다.

2018년 1월
최두석

# 숨살이꽃

## 차례

**시인의 말**

**제1부**

도라지꽃   11

곶감과 까치밥   12

경주남산 할매부처   13

술배소리   14

가천 암수바위   15

우포늪 가물치   16

오수 보신탕   17

제주 몸국   18

섬나무딸기   20

두메부추   21

자두나무   22

마늘   24

고들빼기   26

일지암 유천   28

밤나무   30

도토리를 심으리랐다   31


**제2부**

솔나리   35

솜다리  36

숨은눈  37

탱자꽃  38

숨살이꽃  39

살살이꽃  41

천마산 돌핀샘  42

팬지와 제비꽃  44

아라홍련  46

금팽이눈  48

눈빛승마  50

야고를 찾아서  52

능소화와 향나무  54

함박꽃  56

개별꽃  57

짚신나물  58


**제3부**

샘통  61

곶자왈 숨골  62

물맛  64

학소대  65

장어  66

바위늪구비  68

앉은부채  70

천지연폭포  72

새만금  73

숨비에서 물숨까지  74

촛불과 희망   76

피나물   77

손돌바람   78

도산서원 금송   80

수승대   82

쥐똥나무   84

용문사 은행나무   86


**제4부**

산수유   91

둥구나무   92

시인   93

어떤 시인   94

무량사   96

윤동주   98

바람꽃   99

매미   100

뻐꾸기   102

애호랑나비   104

복숭아 벌레   106

비애에게   108

곰소 염전에서   110

거북 이야기   111

태백산 주목   114

엉또폭포   116

단풍나무에 기대어   117

**해설**

최두석의 사무사思無邪 · 김종훈    118

제1부

# 도라지꽃

소년 시절 산속에서 도라지를 보면
꽃은 안중에 없고 뿌리만을 탐냈었다
워낙 먹을 것이 귀했던 시절이므로

어머니가 도라지 농사를 짓기도 했는데
흰빛 보랏빛 초롱이 어우러진 꽃밭이 휘황했지만
어디까지나 맛난 나물이 우선이었다

남녀가 스리살살 꼬드기는 노래 「도라지타령」은
부르지 않고 듣기만 했다
식욕과 성욕은 어떤 관계인가 생각하면서

도라지를 맨 처음 꽃으로 숨죽이며 만난 것은
휴전선 부근 지뢰밭에서였다
금단의 땅에 뿌리 내린 채 선연히 핀 꽃

이후 도라지꽃은 내 마음속에서 문득문득
한 송이 꽃초롱으로 빛을 내며 한들거린다
폭약과 쇠붙이를 뿌리로 감싸 안은 채.

## 곶감과 까치밥

까치가 까치밥 쪼아 먹는 걸 보고
나는 쫀득쫀득
달콤하게 감칠맛 나는
곶감을 꺼내 먹는다

까치밥이 더 맛있을까
곶감이 더 맛있을까

까치가 더 맛나게 먹을까
내가 더 맛나게 먹을까

수많은 감은 곶감이 되고
겨우 까치밥 몇 알 받들고
겨울 하늘 우러르는 감나무에게
철없는 아이처럼 물어본다.

# 경주남산 할매부처

아마도 석공의 어머니가 모델이 아닐까
웃고 울며 한 세월 살아본
아이도 두엇은 낳아 길러본 여인네의 표정이 살아
있다
그 손맛으로 무친 나물 백반 한 상 간절히 얻어먹고 싶
어진다

시고 떫고 달고 맵고 짠 세상살이의 맛을
칼로 자르듯 끊어내기보다
두루 보듬어서 우리고 삭히는 부처가 있다는 게 고
맙다.

# 술배소리

멸치야 갈치야 날 살려라
너는 죽고 나는 살자
에야 술배야
가거도 어부들의 고기 잡는 소리를
밥상머리에서 환청으로 듣곤 한다

벼야 조야 배추야 시금치야
콩아 닭아 김아 마늘아 날 살려라
너는 죽고 나는 살자
놓인 밥과 반찬에 따라 가사를 바꿔 부르며
숟가락 젓가락을 들곤 한다

그토록 쓸데없는 생각이 많아
소화가 되겠느냐 핀잔하는 이 있겠지만
나는 오히려 그이에게 권하고 싶다
술배소리 음미하며 한 끼 먹어보라고
그래야 음식마다 맛이 새롭고
먹고사는 일이 더욱 생생하게 소중해지므로.

# 가천 암수바위

남해도 가천마을에 가면
바다로 내려가는 계단 같은
다랑이논 사이로
만삭의 암바위를 거느리고
근사하게 잘생긴 수바위가
무람없이 불끈 서 있는데
예로부터 척박한 땅에 뿌리내린 섬사람들이
무엇을 빌었는지 증언하며 서 있는데

이 바위가 영험한 숨은 이유는
파도가 은근히 뒤설레는 밤이면 바다로 내려가
앞물을 하기 때문이란다
그러면 멸치 새우 가자미 등이 떼 지어 몰려와
다투어 산란을 하기 때문이란다.

# 우포늪 가물치

삼대째 우포늪 어부 노기열 씨는 통발을 들어 올리며 "인자 낙동강 붕어가 우포 붕어 얼쭈 다 됐을 낀데" 한다. 지난여름 범람한 강물이 우포늪으로 넘칠 때 들어온 붕어의 기름내가 가셨을 거라는 뜻이다. 그는 잡아 온 미꾸라지와 붕어와 가물치를 양식장으로 파놓은 각각의 둠벙에 넣어준다. 몇 년 전부터 그의 그물에는 주로 블루길이 잡히고 그걸로 가물치를 길렀다. 가물치 양식은 그의 쏠쏠한 부업이다. 산후조리에 가물치가 최고라는 오래된 믿음 때문이다. "죽어도 죽은 괴기는 안 먹는다카이. 그라이 사료를 우째 묵겄노?" 그의 가물치에 대한 자랑이다. 자꾸 자연산만 찾는 이들에겐 자신의 양식장 가물치가 늪에서 갓 잡은 가물치보다 낫다고 주장한다. 같은 물에 같은 먹인데 늪에서 사는 놈들은 굶주려서 부실하다는 거다. 은근히 소문난 그의 집 붕어찜을 먹으며 뼈를 가려내는 나에게 머리째 씹으란다. 무청과 함께 오래 졸인 붕어찜을 가시 하나 남김없이 먹으며 나는 문득 그의 강인한 낯빛에서 가물치의 어룽거리는 무늬를 본다.

# 오수 보신탕

전라북도 임실군 오수면에 있는 의견공원에는
개 조각상이 세워져 있는데
그 개는 늘 코를 벌름대며 보신탕 냄새를 맡는다
보신탕으로 이름 높은 맛집이
코앞에 있기 때문이다

불길 번지는 풀밭에 만취한 채 곯아떨어진
주인을 구하느라
시냇물에 몸을 담그고 와 불을 끄다 죽은
옛이야기 속 개를 생각하며
부러 오수까지 찾아와 개고기 수육을 씹는 사람들의
너털웃음과 술잔 부딪는 소리를
귀를 쫑긋거리며 듣고 있다

자신이 충성할 주인의 오묘한 마음을 읽기 위하여.

# 제주 몸국

몸국을 먹으면 자꾸 곱씹게 된다
몸이 몸을 먹는다는 말을
모자반의 제주 말이 몸이라지만
아래아를 소리 내지 못하는 내 입은
식감 좋게 오돌오돌한 몸을 씹는다

그러면서 배지근한 국물 맛을 본다
돼지 등뼈를 오래 고아낸
느끼하다가 구수해지는 감칠맛
고기가 들어가지 않으면 낼 수 없는
오랜 옛 조상부터 대대로 탐내온 맛

수렵시대부터 전해온 풍속인 양
돼지 잡아 잔치하는 날
동네 사람들이 함께 나누어 먹던 몸국
혼삿날이면 갓 잡은 돼지 창자는 우선
신랑의 접시에 회로 올랐다 한다

세상 어디에 가도 고기든 채소든

몸이 들어가지 않은 음식이 있을까마는
바다의 모자반과 육지의 돼지고기가 어우러진
몸국은 건더기와 국물 모두
몸이 몸을 먹는다는 말을 곱씹게 하는 음식

제주 땅을 밟으면 늘
뒷골목 토박이 식당 찾아
뒷간 밑에서 꿀꿀거리는 똥돼지를 떠올리며
몸국 한 사발 든든히 먹고
비지땀 흘리며 살아갈 앞날을 짚어본다.

# 섬나무딸기

얼마나 하염없는 세월이 흘렀을까
딸기나무가 가시를 얻기까지는
노루나 산양으로부터 자신을 지키려고
딸기나무는 얼마나 고된 싸움을 벌였을까

얼마나 하염없는 세월이 흘렀을까
딸기나무가 가시를 버리기까지는
노루나 산양이 없는 울릉도가
딸기나무에게는 지상의 낙원이었을까

그런데 막상 가시투성이 딸기나무는
어떤 모습으로 천국에 갈까
세상에 새콤달콤 딸기 맛을 선물하기 위해
가시를 단 죄밖에 없는 딸기나무는

노루와 산양이 뛰노는 낙원의 언덕에서
가시를 버리고 기꺼이 순한 먹이가 될까
천국의 식탁에 더욱 맛있는 딸기와
딸기술을 올리고 싶은 딸기나무는.

# 두메부추

두메부추는 광막한 고비
스텝 지역에서
가장 환하게 눈에 띈 꽃

한국에서 같으면 귀한 채소일 텐데
몽골인들은 먹지 않고
낙타나 염소가 즐겨 먹는 풀

마늘쫑 대신 부추쫑을 씹었다
두메부추를 풀로 여기면 유목민
채소로 여기면 농경민이라 생각하며

몽골 여행을 떠나 확인하고 싶은 것은
내 몸속에 흐르는 유목의 피였는데
막상 확인한 것은 농경의 피였다

웅녀의 신화 속 마늘과 쑥은
실상 유목이 농경으로 바뀌는 데 필요한
먹거리가 아니었을까?

# 자두나무

어린 날 세상 모르고 행복했던 순간
나는 원숭이처럼 자두나무에 올라가 있었네
자줏빛으로 달게 익은 자두를 한 알 두 알
느긋이 골라서 따 먹고 있었네

그때 나는 큰집에 맡겨져 있었고
그곳은 오래된 우물이 있는 큰집의 뒤안
나는 누구의 방해도 받지 않고
두 그루의 자두나무를 옮겨 다니고 있었네

밥상머리에 늘 앉히고 먹이던 큰아버지는
사라호 태풍에 난파된 배를 타고 먼 길 가시고
큰어머니와 사촌누나들이 함께 살던 집
들여다보면 우물 속 이끼처럼
우중충한 기운이 감돌고 있었는데

그때가 내게 가장 행복했던 순간으로 남은 것이
자두나무가 요술을 부린 것처럼 기이하다네
그때 내가 품은 의문은 고작

손오공은 왜 자두가 아니고 복숭아를 따 먹었을까였
다네.

# 마늘

마늘을 까면 손가락이 싸하게 아리다
그 아린 느낌을 즐기러
부러 맨손으로 마늘을 깐다
아리다 못해 아플 지경이 되도록

혀로 느끼는 맛만큼
손끝의 느낌 또한 내게 소중하다

통마늘을 짜개
기름 두르고 살짝 구워 먹는다

손끝의 아린 느낌 다음에 오는
혀로 느끼는 아릿한 맛
이어지는 알싸한 뱃속

자극을 피하는
절집의 수행과는 거꾸로 가는 줄 알면서도
마늘 없는 밥상은
터무니없이 허전하다

아무래도 나는 마늘 중독자다
마늘 먹고 사람이 된
웅녀의 까마득한 후손이다.

# 고들빼기

길가 보도블록 사이에서도
올쑥불쑥 앙증맞게 고개를 내밀어
사람들과 친해보려 하는데
꽃을 보고도 한동안 알아보지 못하였네
막연히 좀 색다른 씀바귀라 여기면서

처음으로 고들빼기를 안 것은
꽃이 아니라 김치로였네
잎과 뿌리를 함께 먹을 때
아삭하게 씹히면서 혀에 감기는 쌉싸름한 맛
밥맛 돋우는 별미로 아껴 먹었네

김치로만 알고 먹다가
꽃을 안 것은 한참 나중이라네
늦은 봄날 길가에서 흔히 만나는 꽃
노랗게 빛나는 꽃 이름을 처음 듣고서는
세상의 한 귀퉁이가 문득 환해졌네

꽃과 김치 사이의 안개가 걷히고서

고들빼기 김치 맛은 한층 각별해졌네
김치 한 가닥 밥숟갈에 얹어 먹으면
언제라도 밥상머리에 꽃이 아른거리네
참 고맙고 귀한 밥상이라네.

# 일지암 유천

공들여 좋은 차 만들고
차로 격을 높여 사람들과 만나고
차로 참선을 하던
초의의 자취를 찾아 일지암에 들러
그가 차 끓이던 샘물을
유천乳泉이라 부른 마음을 더듬어본다

부처가, 우유 바다를 휘저어
세상 만물을 창조한 비슈누의 아바타라서?
아마 이런 힌두교도의 이야기는
초의의 뇌리에 없었으리라

세상 만물을 기르는
생명의 기운이 샘에서 솟아나서?
두루 들어맞는 말이로되
지나치게 크고 넓은 생각이다

스님으로 늙어가면서도
어머니의 젖내음을 잊지 못해서?

그래 바로 그거야, 절로 고개를 끄덕이게 되는
어떤 지극한 공양이다.

# 밤나무

밥나무가 밤나무가 되었다니
예전에 밤나무는 밥이 열리던 나무이다

밥은 곡식의 씨앗으로 짓는다
씨앗 속 숨은 힘이 정자가 된다고 한다

밤꽃이 짙게 정액 냄새 풍기는 것은
밤나무의 성생활이 왕성해서이다

밤이 자손을 번창하게 한다고 믿어왔기에
제사상에 생밤을 깎아 올린다

대대로 집터에 밤나무 심어온 내력이 있어
음복할 때 먼저 생밤에 손이 간다

맨 처음 움집에 밤나무 심은 이는 아무래도
까마득한 내 윗대 조상일 것 같다

밤나무에는 밤이 열리지만
너도밤나무나 나도밤나무에는 밤이 열리지 않는다.

# 도토리를 심으리랏다

바야흐로 단풍 드는 산길 걷다가
톡 토독
도토리 떨어지는 소리 들으면
귀가 환해진다
어떤 새로운 길이 열리는 음악처럼

산길에 구르는 토실한 도토리 보면
적당한 빈터 찾아 슬쩍 묻어준다
눈 밝은 다람쥐가 찾아 먹기도 하겠지만
운 좋은 도토리는 싹이 돋아
우람한 참나무로 자라기를 기원하면서

'내일 지구의 종말이 오더라도
오늘 한 그루 사과나무를 심겠다'는
스피노자의 말인데
'내일 세상을 뜨더라도
오늘 도토리를 심겠다'는
거둘 곡식도 과일도 없이
가을을 사는 나의 말이다.

제2부

# 솔나리

간혹 외톨이라는 느낌에 시달릴 때
불현듯 떠오르는 꽃이 있다
화사하면서도 해맑은 솔나리

하루 종일 걷고 걸어야 오를 수 있는
공룡능선이나 남덕유 암봉에
천상에서 내려온 선녀인 양 피는 꽃

옛적 선녀를 떠나보낸 나무꾼이
지게를 벗어 던지고
오르고 올라 만난 꽃

하여 꽃 피는 철이 오면 늘
세상일 벗어 던지고 산을 오른다
선연한 분홍 꽃빛으로 마음을 물들이려.

# 솜다리

솜다리야
설악산 솜다리야 미안하다
영화 속의 꽃과 노래 에델바이스는 알아도
너를 까맣게 모르고 지내서

나치의 추격을 피해
알프스를 넘던 가족의 희망처럼
맑게 빛나는 에델바이스
영어로 노래까지 부르면서
무명옷 입고 너를 솜다리라 부르던
약초꾼의 살아온 이야기는 모르고 지내서

솜다리야
솜털이 보송보송한 솜다리야
우뚝 솟은 암봉 바위틈에 뿌리 내려
절경을 완성하는 솜다리야
거친 비바람과 험한 눈보라를 견뎌내고
어여쁜 꽃 피우는 비결을 알려다오.

# 숨은눈

수많은 눈을 숨겨두고 있어서
플라타나스는 함부로 마구 잘려도
줄기와 가지의 상처에서
곧잘 새 움을 틔운다

봄에 뭉툭한 플라타나스가
여름이면 다시 무성해지는 것은
숨은눈의 왕성한 생명력 때문인데
그래서 곧잘 가로수로 간택된다

그렇다면 줄기와 가지의 절단은
숨은눈의 행인가 불행인가
도시의 가로수로 간택된 것은
플라타나스의 행인가 불행인가

아쉬움과 조바심 사이에서
상처받을 일 많아
쓰리고 아린 자리에서 기어이
새 희망의 움을 틔우는 이여.

# 탱자꽃

내 하는 짓 못마땅하여
마음속에 가시를 세우는 이여
그대와 나 사이의 울타리에
탱자꽃 피네
촘촘한 가시 틈새에서
젖빛 뽀얗게 흐르는 꽃이 피네

가시를 피해 너울너울
호랑나비 날아와 춤을 추다
알을 낳네
탱자잎 먹고 살진 애벌레
무럭무럭 자라 번데기가 되고
다시 호랑나비 되어 날아오르네

내 하는 짓 못마땅하여
마음속의 가시를 벼리는 이여
그대와 나 사이의 울타리에
탱자가 익네
촘촘한 가시 사이에서
탱탱한 탱자가 금빛 향내를 풍기네.

# 숨살이꽃

산길 가다가 좋은 꽃밭 만나면
살살이꽃이 어디에 숨어 있나
숨살이꽃이 어디에 숨어 있나
두리번거리는 버릇이 있다
마치 산삼 찾는 심마니처럼

깊은 산 희미한 산길 가다가
멧돼지 가족이 파헤쳐놓은 꽃밭 만나면
녀석들도 살살이꽃 혹은 숨살이꽃 찾아
밤중에 주둥이로
쟁기질하나 하는 생각이 든다

사진으로는 찍을 수 없고
늙은 무녀의 목쉰 노래로
귓가에 맴돌며 피는 꽃
상처에 문지르면 살이 돋아 살살이꽃
가슴에 문지르면 숨이 트여 숨살이꽃

산길 가다가 그윽한 꽃내음 맡으면

향내가 숨결에 스미고
핏속에 번지는 느낌이 좋아
잠시나마 그 꽃을 두고 살살이꽃 혹은
숨살이꽃이라 여기기도 한다.

# 살살이꽃

허기질 때 그만인 두부 한 모
도톰하게 썰어 양념장에 찍어 먹다가
고소한 맛 음미하며 문득 묻는다
혀에 감기는 이 두부 한 모를 위해
얼마나 많은 콩꽃이 피었나
얼마나 많은 벌이 닝닝대었나

너울너울 눈앞에 어른거리는 콩꽃
콩꽃을 떠올리며 다시 묻는다
피가 되고 살이 되는 음식
내 일용할 양식을 위해 지상의 곳곳에서
얼마나 수많은 꽃들이 피어나나
얼마나 수많은 벌들이 닝닝대나.

# 천마산 돌핀샘

천마산 정상 턱밑 옹달샘
돌핀샘의 물맛은
특히 봄날에 각별하다
천마산이 품은 수많은 봄꽃들 때문이다

깜찍하게 눈을 헤집고 피는 너도바람꽃
은은한 푸른빛이 일품인 노루귀
햇살을 금빛 술잔으로 받아 마시는 복수초
봄바람에 부푼 처녀 같은 얼레지
잎에 점이 오종종한 점현호색
냉이의 미모를 보여주는 는쟁이냉이

어여쁜 꽃으로 마음을 씻으며
산을 오르기 때문이기도 하지만
수많은 꽃들을 피우는
샘의 타고난 운명이 기꺼워서이기도 하다

지상에 온갖 샘이 솟아
시내가 되고 강을 이루어 바다로 가는 동안

어떤 행운을 만날지 우여곡절을 겪을지
어디서 얼마나 더러워질지
물살의 갈래만큼 제각각이겠지만

얼마나 각별한 맛인가
꽃목을 적시는 샘물이라니!

# 팬지와 제비꽃

팬지는 팬지이고
제비꽃은 제비꽃일 뿐이라고 말하지 말게
학교나 아파트 화단에 심은 팬지를 보면
산속에서 마주친 온갖 제비꽃 떠오르네
노란 팬지를 보면 노랑제비꽃
흰 팬지를 보면 남산제비꽃 금강제비꽃 태백제비꽃
파노라마처럼 눈앞에 어른거리네

제비꽃의 원예종이 팬지라는 말 처음 들었을 때
한동안 생뚱맞다는 느낌에 사로잡혔네
하지만 사람의 손을 타면 딴판으로 바뀌는 게
어찌 제비꽃만이랴 하는 생각에
꽃 모양을 자세히 들여다본 후에는
팬지를 보면 제비꽃의 야생을 길들여온
원예의 오랜 역사 되짚어보네

비닐집에서 길러 화단에 빼곡히 심은
팬지의 부담스럽게 크고 화사한 꽃을 보면
산속에서 마주친 온갖 제비꽃

조촐하게 상큼한 모습 선연히 떠오르네
하지만 호젓한 산속에서 제비꽃 만나
야생의 풋풋한 숨결 느끼다 보면
화단의 팬지는 전혀 안중에 없네.

# 아라홍련

옛적 아라가야의 땅 함안에 와
고혹적인 연분홍 연꽃 앞에서
꽃의 숨결 호흡하네
고려 때의 연못을 발굴하면서 수습한
씨앗을 싹 틔웠다는 이야기 속의 꽃

현대판 전설의 꽃 가까이 보며
칠백 년 동안 기약 없이 기다리던
씨앗은 땅속 어둠에 묻혀
어떻게 잠자고 숨쉬었을까
꿈결처럼 아득히 아릿하게 그려보네

지상의 햇살 누리며 시 쓰는 자로서
지면에 발표는 되었으나
가뭇없이 사라지는 수많은 시편들 가운데
몇십 년 몇백 년을 묻혀 있다
발굴되어 새로 꽃피울 시를 상상하네

숨구멍이 막힌 씨는 썩는다네

말에 숨구멍 만드는 이가 시인이라면
곳곳에 은밀하게 숨구멍이 있는 시라야
오랜 세월 움틀 날 기다리는
씨가 되리라 생각하네.

# 금팽이눈

풀꽃 보러 산에 다니다 보면
가까이 자세히 들여다보아야
아름다움에 취하게 되는 꽃이 많다
맨눈으로는 잘 모르고 지나치다가
카메라 렌즈로 키워서 볼 때
황홀해지는 꽃도 많다

가령 금팽이눈의 오밀조밀한 꽃을 보면
작은 것이 아름답다는 말을 실감하게 된다

그런데 풀의 입장에서는 결코
작은 꽃을 피우지 않는다
벌이나 나비를 부르려고
가녀린 줄기에 비해 오히려 큰 꽃을 피운다
꽃이 필 때 잎까지 금빛으로 빛나는 금팽이눈은
열매 맺힐 때 초록으로 변한다
몸집이 작기에 온몸으로 꽃이 되는 것이다

땅이 풀릴 무렵 골짜기에 몸을 낮추고

햇살에 빛나는 금괭이눈을 들여다보노라면
내 몸집이 지나치게 크다는 생각이 든다
이름에 큰 대를 앞세우는 나라의 시민으로서
습관처럼 큰 것을 숭배해온 잘못도
참회해야 한다는 생각이 든다.

# 눈빛승마

깊은 산 숲속에서 눈빛승마 만나면
가슴에 손을 얹고 다가가 들여다보는 이가 있다
카메라를 들고 초점을 맞추는 건 나중 일이다

꽃대에 하늘나라의 눈이 내려
바람에도 흩날리지 않고
햇살에도 녹지 않는다고 말하며 웃는 그에게
눈빛승마는 꽃산행에 입문하게 한 꽃이다
체력을 시험하듯 등산에만 몰두하던 그를
꽃을 찾는 사진작가로 변모하게 한 꽃이다

아마추어면 어떤가 나는 그의 팬이다
그가 운영하는 카페에 자주 들러
그와 함께 숨죽이며 보았던 수많은
꽃의 표정을 되새긴다
천진한 감동으로 아름다움을 대하는
경건하고도 섬세한 눈의 꽃 사진들

그러면서 한약재 승마의 효능을 생각한다

50

내장에 갇혀 있던 양기와 독기를

밖으로 분출시켜 풀어낸다는 승마의 약효가

꽃을 보는 것만으로도 나타나는 그의 꽃산행.

# 야고를 찾아서

야고야 야고야
너 어디 사니?
고향은 한라산 기슭이지만
지금은 서울 상암동에 살아

야고야 야고야
너 어디 있니?
난지천변 갈대밭에서 어정거리지 말고
계단을 계속 밟고 하늘공원으로 올라와

야고야 야고야
너 어디 숨었니?
바람에 살랑대는 억새꽃만 보지 말고
고개 숙여 억새밭 그늘을 봐

너는 탐라국의 어여쁜 공주
나는 너와 눈 맞추러 온 사내
그런데 너는 억새가 얼마나 좋기에
억새 뿌리에 붙어 하늘공원까지 이사 왔니?

(쓰레기가 쌓이고 쌓여

강산이 변해 생긴 산언덕에

제주에서 들여온 억새를 심어

공원을 꾸몄으니 이르기를 하늘공원이라)


그런데 야고야 야고야

예로부터 한강의 꽃섬으로 소문난

난지도는 도대체 어디로 이사 갔니?

## 능소화와 향나무

예전부터 능소화와 향나무는
양반집 정원에서 함께 자라던 나무
요즘도 향나무 곁에 능소화를 심어
능소화가 향나무를 감고 올라가 피우는 꽃
여름날의 아취로 즐기는 이 있다

남의 취향에 대한 왈가왈부는
세상의 어리석은 일에 해당되지만
능소화를 담장이 아니라
향나무 같은 생나무에 올려 피운 꽃 보면
마음 한구석이 불편해진다

주렁주렁 매달려 나팔을 부는 꽃만 보이고
향나무를 감고 올라간 덩굴은 보이지 않는가
꽃다운 꽃 피우지 못하는 향나무는
화사하게 눈길 끄는 능소화에게
옥죄여 죽어도 좋단 말인가

다른 나무를 감고 올라가는 것은

능소화 같은 덩굴나무의 생태이니
조물주를 탓할 수밖에 없겠지마는
정원을 가꾸면서까지 신의 뜻을 시험해보는
원예의 취향에는 공감하기 힘들다.

# 함박꽃

넓고 두터운 잎으로 햇살을 듬뿍 받으며
꽃망울 터뜨리는 함박꽃나무 그늘 아래 앉아
다소 이른 더위를 식히는데
나무는 한창 좋은 계절을 주저없이 만끽하고 있다

함박꽃나무 그늘 아래 계곡물도 좋아
주인 잘못 만나 고생 많은 발을 씻는데
땅속 깊이 벋은 뿌리들은 신나게 수액을 길어 올리고
벙그러진 꽃송이는 맑고 깊은 향내 스스럼없이 뿜어
낸다

생글생글 환히 웃는 꽃송이 보고
숨결에 생생히 스미는 꽃내음 맡으며 문득 돌이켜보니
아 나는 제대로 시원하게 함박웃음 한번 웃지 못하고
너무 많이 조심하고 웅크리며 살아왔구나.

# 개별꽃

숲 그늘이 짙어지기 전
봄맞이하듯 피는 풀꽃이 있다

조촐하고 수수하지만
별을 우러르며 소망을 빌거나
별빛을 가슴에 품으며 그리움을 견딘 자
한 번쯤 무릎 꿇고
눈여겨볼 만한 꽃이다

원래 소망은 낮은 자리에서 조촐해야
마음의 그늘에 뿌리내려
꽃피울 수 있으므로.

# 짚신나물

예전에 씨앗이 짚신에 붙어
산길을 걸었다 하여 얻은 이름 짚신나물
예전에 염소가 먹는 풀잎
사람도 먹어 얻은 이름 짚신나물

걸어서 고개 넘는 대신
질주하는 차로 터널 지나가기 바쁜 세월
달콤하고 기름진 음식 좋아해
살찌는 게 걱정인 나에게

나물아 나물아 짚신나물아
너는 새삼스레 무슨 말을 하려
병아리 혀 같은 꽃 피우고
고개 넘는 산들바람에 하늘대느냐

속도와 재물의 신을 외면한 채
어느 누구도 탐낼 일 없는 소박한 꽃 피워
그냥 천성대로 살아갈 뿐이라는 너의 말
이파리 뜯어 씹으며 되새겨본다.

제3부

# 샘통

물안개 피어오르는
철원 민통선 안 샘통에서
두루미가 물을 마신다
물잔을 들 때 가끔 떠오르는 마음속 그림

입과 부리는 다르지만
두루미도 물을 마셔야 산다는 걸
긴 목을 깊이 숙였다가 사뿐히 들어 올리는
우아한 동작으로 보여준다

온천이 솟아
아무리 추워도 얼지 않는 샘통
겨울을 나는 두루미에게
샘통은 곧 숨통이다

이제는 몇 마리인가 헤아릴 정도로
희귀한 목숨이 된 두루미
철원평야의 벼 이삭과 샘통을 찾아
만 리 하늘길 날아온다.

# 곶자왈 숨골

옛적 심심한 설문대할망이
바윗돌을 이리저리 굴려
나무더러 붙잡고 서 있으라 한 곶자왈
원시의 숲속을 걷다 보면
저절로 심호흡을 하게 된다

제각기 맡은 바위가 있다는 듯
나무뿌리가 바윗돌을 휘감고 있는
숲속에는 무언가 다른 기류가 흐르고 있다
약속이나 한 듯 곶자왈에는 으레
무언가 다른 공기를 뿜어내는 숨골이 있다

제주의 허파라 불리우는 곶자왈에는
땅속 깊이 수맥까지 숨골이 통해 있어
추운 날에는 따스한 기운을
무더운 날에는 서늘한 기운을 뿜어내
숲속의 온갖 나무와 풀을 자라게 한다

예전에는 화전도 일굴 수 없어

원시의 숲이 남아 있는 곶자왈에 가면
식나무 앞에서는 식나무에게서
산수국 앞에서는 산수국에게서
새삼스럽게 숨쉬는 법을 배운다.

# 물맛

절에 가면 스님의 설법을 듣기보다
물맛을 보는 버릇이 있다
얼마나 맑고 시원한지 맛보며 그 절집의
수행의 분위기를 가늠해본다

폐사지에 가서도 남은 탑이나 축대보다
샘이나 우물의 자취를 먼저 살핀다
정갈한 샘이 솟고 있으면
아직 그 절의 기운이 살아 있다고 느낀다

수돗물로 몸을 씻고
플라스틱 통에 담긴 생수를 마시며
샘도 우물도 없는
대도시에서 속되게 살면서
절간에 가서는 진정한 생수를 찾는다

목마름을 적시는 물맛을 보며
경전 구석에 박힌 지당한 말씀이 아니라
진정으로 살아 있는 말에 대한
갈증을 대신 달래보곤 한다.

# 학소대

속리산 덕유산 오대산
주왕산 청량산 가지산 두타산……
예전에는 학이 깃들여 알을 품었으나
이제는 학소대鶴巢臺만 남은 산

학소대에 가면 학을 찾는다 바보처럼
사라진 지 오래인 줄 뻔히 알면서도
눈은 층암절벽 소나무 너머 하늘을 보고
귀는 따다닥 부리 부딪는 소리 듣는다

산 좋고 물 맑은 계곡
층암절벽에 붉은 살결 소나무 있으면
학이 둥지를 틀고 알을 품어야 하는데
그래야 절경의 풍경이 완성되는데

학소대에 가면 늘 가슴 한켠이 허전하다
옛 그림이나 자수 속에서 평화롭게
장생을 구가하며 넘놀던 학이
전설만 남기고 영영 사라진 것을 생각하며.

# 장어

물고기가 시원하게 숨쉬고
자유롭게 헤엄치는 강물에는
생명의 기운이 넘실댄다
그렇지 못하면 강도 병들어 죽어간다

생김새는 딴판이지만
붕어는 붕어대로
메기는 메기대로
미꾸라지는 미꾸라지대로
물속에서 숨쉬고 헤엄치며
제 본연의 모습으로 강에 생기를 불어넣는다

그런데 미꾸라지보다 한층 날쌔고
기다랗고 미끈한 장어는 어떤 녀석인가
태평양 복판까지 헤엄쳐 가서
떼를 지어 산란하고 사정한 뒤
장렬하게 죽는 장어는
대를 이어 바다의 생기
강으로 몰고 오고 강의 생기

바다로 풀어놓는다

강과 바다를 가로막은
영산강 하구둑에서
영산강 장어는 다 어디 갔나 생각하니
슬픔은 깊어지고 외로움은 진해진다
가을걷이 끝나고 둠벙을 품어
진흙투성이로 장어 잡던 동무들 생각하니
외로움은 깊어지고 슬픔은 진해진다.

# 바위늪구비

모래톱과 자갈톱이 없는 강이 무슨 강인가
여울도 소도 없는 강이 무슨 강인가
암반을 발파하며 강바닥을 마구 파헤쳐놓은
여주 바위늪구비에 와서 든 의문이다

온갖 생명의 자궁 같은 습지를 등 뒤에 두고
유유히 굽이치는 강변길을 걸으며
풍광과 이름이 어울린 아름다움
가장 실감 나게 느낄 수 있었던 바위늪구비

버들 숲에 휘파람새 울면 우는 대로 좋고
강변에 쑥부쟁이 피면 피는 대로 좋아
마음 내키는 대로 발길 닿는 대로 걷다가
머리 식히고 위로받고 돌아갔거니

강이 얼마나 많은 목숨의 집이고
얼마나 하염없는 입들의 젖인가 생각하며
물소리 바람소리에 스스럼없이 섞이는
새소리 풀벌레소리에 마음 씻었거니

강으로부터 여울과 모래톱을 빼앗은 죄를
누가 누구에게 어떻게 물을 것인가
어이없이 목숨을 잃은 온갖 물고기와
새와 풀벌레의 원혼들은 어떻게 달랠 것인가.

# 앉은부채

앉은 부처도 아니고
앉은 부채가 어디에 있나
얼음장 밑으로 흐르는 시냇물소리 해맑은
천마산 골짜기에 와
부처의 불꽃 두르고 언 땅에서 솟은
앉은부채의 꽃을 본다

부채가 어떻게 앉아 있나
너의 이름을 어색해하는 것은
글쟁이의 쓸데없는 자의식 탓
너는 사람들이 부르는 이름과 상관없이
겨울잠에서 깨어난 개구리와 맞닥뜨리며
나름의 삶을 살아간다

하지만 너의 삶은 위태롭다
헤아릴 수 없이 유구한 너의 터전에
스키장이 들어서고 아파트가 들어서고
수시로 등산객들의 발길이 침범한다
나는 너의 처지를 안타까워하며

한없이 가녀린 목소리로 호명할 뿐

이름이야 어떻든
사람들에게 쓸모가 있든 없든
송이마다 부처로 피어나 봄을 부르는 꽃들
함부로 짓밟아서는
이 땅에 자비가 없다는 것을
한없이 낮은 목소리로 읊조릴 뿐.

# 천지연폭포

서귀포 천지연에서는
오리도 물닭도 논병아리도
사람을 피해 날아가지 않는다
짐짓 가까이 다가와 사진 찍기 좋게
자세를 잡는 녀석도 있다

심지어 사람을 아주 꺼리는 원앙까지
평화롭게 자맥질을 하고 날개를 말린다

새에게 축복의 땅이
사람에게도 축복의 땅이라 말하며
폭포는 원시의 날처럼 힘차게 떨어지고
늘푸른나무 숲 위로 무지개가 뜬다.

# 새만금

몇 해 전에 군산 비응도에서 줄다리기를 하였다
줄의 한쪽은 꽃게 수만 마리가
바닷물에 달을 굴리다 말고 나타나
집게발로 잡고 힘을 쓰고
다른 쪽은 포클레인이 줄을 감아 걸고 잡아당겼다
꽃게 편이 졌고 새만금 제방을 막게 되었다

몇 해 전에 부안 해창갯벌에서 줄다리기를 하였다
줄의 한쪽은 낙지 수만 마리가
바닷물에 달을 굴리다 말고 나타나
뻘밭에 몸을 박고 힘을 쓰고
다른 쪽은 포클레인이 줄을 감아 걸고 잡아당겼다
낙지 편이 졌고 새만금 제방을 막게 되었다

새만금 제방 위로 난 미끄러운 도로 위로
자전거 타고 파도소리 가르며
씽씽 속도를 즐기는 이여
당신은 그때 어느 편을 들고 얼마나 힘을 썼나
아니면 그냥 구경꾼이거나 방관자였나.

# 숨비에서 물숨까지

얼마나 오래
잠수하느냐에 생계가 걸린
제주도 잠녀들의
숨비에서 물숨까지의 거리는 얼마나 될까

아무리 탐나는 소라나 전복이 보여도
숨이 차면 포기하고 올라와
호이호이 숨을 비워야지
자칫 욕심이 지나치면
물숨을 먹고 죽는다

그러니까 잠녀들에게
숨비에서 물숨까지는
눈 한 번 깜박일 사이의
팔 한 번 휘저을 거리이다
그 거리 조절을 잘해야
상군이든 하군이든 잠녀로 살아갈 수 있다

그런데 요즘은

자신은 골프 치고 포도주 마시면서
얼굴도 모르는 애꿎은 이들에게
물숨을 먹이는 자들이 있다

수명 다한 배를 무리하게 개조하고
복원력이 바닥날 지경으로 화물을 실어
주로 수학여행 가는 학생들
삼백사 명을 익사시킨 세월호의 침몰은
돈에 눈먼 자의 탐욕과
검은 권력이 부른 참사이다.

# 촛불과 희망

꽃을 드는 마음으로 촛불을 든다
더 이상 어둡게 살 수 없으므로
동무와 함께
연인과 함께
아이와 함께 촛불을 든다
서로 불을 옮겨 붙이듯이
서로 희망을 밝히기 위해

꽃을 드는 대신 촛불을 든다
광장을 가득 채운 남녀노소
거스를 수 없는
인산인해의 촛불을 든다
도대체 도무지 말이 안 되는
검은 권력의 온갖 거짓들
낱낱이 드러내 불살라버리기 위해

무수한 이들의 가슴에서 이글대는 불꽃이여
그러나 끝끝내 꽃의 눈높이에
촛불의 눈높이를 맞춘다.

# 피나물

그냥 풀이름이라지만
도대체 피와 나물이 어떻게 만나나?

피와 나물이 만나 피워낸
금빛으로 빛나는 꽃을 보면
까마득히 현기증이 날 때가 있다

독 품은 잎까지
나물이라 부르며 뜯어 먹던
주린 배의 백성과
허기진 백성의 피를 빨아
금관을 쓰고 금똥을 누던
왕과 벼슬아치들이 문득 생각나서

고비마다 굽이마다
피 흘리지 않은 역사가 어디 있으랴
꺾으면 바로 피가 스며 나오는
한국사의 책갈피에 꽂아둘 만한
금빛 피나물꽃.

# 손돌바람

손돌이여
강화도 뱃사공들의 영적 조상이여
그대의 목을 벤 왕은 누구인가
몽골군에게 쫓긴 고려왕 고종인가
후금군에게 쫓긴 조선왕 인조인가

그대의 이름을 딴
염하의 험한 물길 손돌목 양편
김포의 덕포진에는 고종이라
강화의 광성보에는 인조라 소개되어 있는데
그대가 목숨 바쳐 구한 왕은 누구인가

적을 피해 염하를 건너는 뱃길
아슬아슬 험한 물길을 타는 그대의 노질
섬이 아니라 육지로 되돌아가는 듯한 노질
왕은 자꾸 물길을 거스르라 명하고
그대는 도저히 명을 받들 수 없었지

의심 많고 성급한 왕은 목을 베라 하고

죽음 앞에 선 그대는
물그릇이자 밥그릇인 바가지 하나
강물에 띄우면서 유언을 남겼다지
바가지 따라가 무사히 강을 건너시라고

전설 속 용렬한 왕이 누구이든
그대의 한숨은 차가운 돌개바람으로 변하고
그대의 이름 붙은 손돌바람은
겨울이 닥칠 때마다 이 땅의 구석구석
가난하고 억울한 이들의 뺨을 때리며 불어댄다지.

# 도산서원 금송

퇴계가 직접 설계한
세 칸 집 도산서당 마루에 앉아
선생의 제자가 되어 풍광을 굽어보며
하늘에 대한 외경을 배우려 하는데
눈앞의 금송이 자꾸 거슬린다

나무야 무슨 죄 있으랴만
참으로 어울리지 않는 자리에서
뻔뻔스럽게도 우뚝하다
왜 박정희는 일본의 자랑인 금송을
하필 퇴계의 서당 앞에 심었을까

총칼로 지배하던 그가 아끼던 나무라니
차라리 국립묘지에 있는 그의 묘역으로
옮겨 심었으면 좋겠다
서원의 한 구역 서당 앞에서 금송은
퇴계의 진심을 가로막고 있으므로

하지만 서당과 서원은 다르기에

앞으로 금송은 거목으로 자랄 것이다
왕이 현판을 내려 당당해진 서원이니
어찌 대통령의 기념식수를 마다할까
오히려 두고두고 감읍해야 하리라.

# 수승대

호랑이는 죽어 가죽을 남기고
사람은 죽어 이름을 남긴다고?
수승대에 들러 맨 먼저
곤혹스럽게 떠오른 속담이다

당시에는 호랑이가 살았을
덕유산 위천 계곡
바야흐로 물에 드는 거북바위를 두고
퇴계가 붙인 이름이 수승대搜勝臺란다
그걸 증명하는 퇴계의 한시가 새겨져 있고
그 위 아래 옆 뒤에
바위를 둘러 빼곡하게 새겨진 이름들
자리를 다투듯 획의 크기를 다투듯
형제와 부자가 함께 새겨진 이름들

그 이름의 주인들 다 한때는
위세 부리며 떵떵거리던 자들이리라
술동이는 기본이고
기생까지 데리고 와 시회를 열고

석수장이를 시켜 잘난 이름을 새겼으리라
아무래도 훗날을 알 수 없는 퇴계 이 선생이
신통할 것 없는 시로
쓸데없는 짓을 한 탓이리라

바위틈에 뿌리 내린 솔의 기품에
멀리 미치지 못하는 시들
바위에 붙어 자라는 이끼보다 못한 이름들
아 함부로 바위에 시를 새기지 마라
아 외람되이 바위에 이름을 새기지 마라.

# 쥐똥나무

향이 은근히 깊고
자세히 눈여겨보면 아리따운 꽃을 피운다
여린 가지 끝 젖빛 꽃숭어리
물론 마구 잘린 생울타리가 아니라
숲에서라야 제 모습이 나타난다

올망졸망 검게 여문 열매를 보고
남녘에서는 쥐똥나무라 부르지만
북녘에서는 검정알나무라 한다고 한다
약으로도 쓰고
차로 달여 먹기도 하기 때문이란다

꽃내음을 그윽이 맡고
차를 달게 마시려면
쥐똥이라 부르면 안 되는가
아마도 이름으로 하여 향과 맛을 망칠 수 없으리라
약효야 무슨 상관이랴만

하지만 나는 계속 쥐똥나무라 부를 것이다

누군가 생긴 대로 부르기 시작하여
입에서 입으로 전해오는 말을 꺼리지 않으리라
입맛에 거슬리는 차는 마시지 않고
좋은 향내는 이름에 방해받지 않고 맡으리라.

# 용문사 은행나무

지상의 약속 같은 금빛 이파리로
이 땅에서 가장 경건하고 풍성하게
세례를 베푸는 나무가 있다
온몸이 옹이투성이인 나무

망한 나라를 슬퍼하며 금강산으로 가던
마의태자가 심었다는 전설이
실감 날 정도로 우람하여
나무의 수많은 곁가지의 나이테에
나의 나이의 눈금을 맞추어보기도 하고

신화 속 생명나무처럼
천 살이 훨씬 넘었는데도 해마다
예닐곱 가마의 실한 열매 맺어
갓 구운 햇은행을 성찬으로 맛보며
나의 게으르고 무기력한 나날에 대해
고해하고 참회하기도 하는데

단풍이 꽃보다 아름다워

낙엽의 세례를 받으며
기운을 얻으려 찾는 나무가 있다
옹이조차도 당당한 기품이 되는 나무.

제4부

# 산수유

산수유 한 줌 따 발라 먹으며
묵은해 보내는 내게
경계하듯 우짖는 직박구리야
너의 혀에도 산수유는 떫고 시니?

눈 속의 붉은 열매 쪼아 먹으며
산수유꽃 환한 꽃그늘에서
짝 찾을 날 기다리는 직박구리야
네게도 무슨 후회할 일 있니?

열매는 선물로 베풀고
가지마다 무수한 꽃눈을 단 채
추위를 견디는 나무의 마음을
직박구리야 너는 짐작이나 하니?

# 둥구나무

둥구나무가 둥구나무인 것은
마을에 뿌리 내리고 살며
길 떠나는 이를 멀리 배웅하고
돌아오는 이를 먼저 반기기 때문이다

둥구나무는 누구든 가리지 않고
자신에게 다가오는 이를
팔 벌려 다정히 맞이한다
좀처럼 등을 돌리지 않는다

숲속의 팽나무나 느티나무는
둥구나무가 되지 못한다
오랜 세월 사람들과 함께 숨쉬며 살아야
그늘이 넓고 깊은 둥구나무가 된다.

# 시인

물길은 말길과 통하고
말길은 숨길과 통한다

물길이 제대로 열려야
모든 생명이 고르게 숨쉴 수 있다

말길이 제대로 열려야
사람답게 사는 세상이 된다

우리 몸 어디에 생채기가 나도
피가 스며 나온다는 것은 얼마나 놀라운 일인가
어디나 몸속에는 실핏줄이 통하고 있다

세상의 물길과 말길과 숨길은
몸속 핏줄과 통하고 있다
그래서 살아 숨쉴 수 있다

시인이란 자신의 말길을 열어
세상의 물길과 숨길과
은밀히 소통하는 자이다.

# 어떤 시인

격정으로 출렁이는 파도보다
바위의 침묵이 그리운 날
우뚝 솟은 바위산을 오르네
암봉을 타며
바위의 침묵을 쪼아
연꽃 피워 부처를 미소 짓게 한
옛적 석공을 생각하네

바위의 완강한 침묵보다
파도의 출렁이는 말이 그리운 날
파도소리 거친 바다로 가네
알몸으로 파도를 맞으며
청아한 피리소리로
거친 파도 잠재워 세상을 화평케 한
옛적 악공을 생각하네

그러다가 지상의 방방곡곡
암반을 뚫고 해맑은 샘이 솟는 곳
시내가 흘러 유유히 강이 되는 곳

강이 흘러 바다와 뒤척이며 만나는 곳
성지인 듯 순례하네
세상의 온갖 목마름을 적시는
간절하게 귀한 말을 찾아.

# 무량사

── 나희덕에게


만수산 무량사에 가거든
영산전과 부도밭 사이를 걸어요
온 생애를 길에서 보낸 자의 발걸음
잠시라도 흉내 내면서

얼마나 세상이 못마땅했으면
얼마나 속을 끓였으면
영정마저 잔뜩 이마를 찌푸리고 있을까
영산전에서 벙거지 쓴 영정을 보고

생애의 마지막 인연이 수습된
부도밭으로 가서
부도의 깨진 자국 어루만져요
상처 많은 사내의 흉터를 만지듯이

얼마나 많은 강과 시내를 건넜을까
탁류를 거슬러 맑고 차게 자신을 지키려
스스로 유배의 길로 내몬
떠돌이 시인 김시습

만수산 무량사에 가거든
영산전과 부도밭 사이를 걸어요
온 생애를 길에서 보낸 자의 영정과
사리 사이의 거리를 가늠하면서.

# 윤동주

북간도 명동촌
논가 외딴 우물을 찾아가서
맑은 우물에 비친 자신의 모습을
들여다보던 사내가 있었다

서울의 온돌방에서
교토의 다다미방에서 시를 쓰면서도
마음속 길을 따라 우물을 찾아가서
자신의 부끄러움을 고백하곤 하였다

후쿠오카 감옥에 갇혀
의문의 주사를 맞고
나날이 수척해가는 자신의 몰골도
그 우물에 비추어 보았다

그가 마지막 숨을 몰아쉬던 날
캄캄한 밤하늘
영롱하게 반짝이던 별 하나
빛을 뿌리며 우물 속에 떨어졌다.

## 바람꽃

집 안의 화분에 난이 벙글었는데
굳이 바람꽃 보러 설악으로 떠나는
속내는 정작 무엇일까
때 되면 분갈이도 하고
채광과 습도를 맞추며 보살핀 난이
새침하게 피어 맑은 향내 풍기는데
온몸으로 비바람 맞는 능선에서
바람에 제멋대로 흔들리는 바람꽃 보고파
수고롭게 먼 길 가는 이유는 무엇일까
배웅하는 아내의 농담 섞인 진단은
바람둥이의 바람기가 도져서란다
그렇다면 나는 과연 바람꽃 보며
바람 따라 마구잡이로 흔들리고 싶은 걸까
그렇게라도 바람기를 다스려 잠재우고 싶은 걸까
내 몸속 바람기와 뒤섞여 흐르는
유목의 피와 농경의 피는
얼마나 서로를 거스르고 싶어 안달인 걸까.

# 매미

매엥 매엥 매엥 매에—
무더위와 싸울 듯이 맹렬하게 울어대는
매미소리 들으며
막상 매미는 대포소리에도 반응이 없는
귀머거리라는 파브르의 주장이 떠오른다

아파트 창틀에까지 붙어
잠을 깨울 정도로 극성스럽다는 것은
귀를 가진 사람들의 반응일 뿐
암매미의 고막은 시끄러운 청각이 아니라
떨리는 촉각으로 울리는지도 모른다

나무의 수액은 어떻게 매미의 피가 되며
살 떨리는 매미의 성감은 과연
얼마나 미묘하고 야릇한 감각일까
보고 듣고 맡고 만지고 맛보는 망울들이
어떻게 호응하여 조화를 부리는 걸까

멋대로 상념의 날개를 펴다가 문득

나는 허물을 어디에 벗어둔지 모르고
정작 심금은 어떻게 울리는지 모르고
소리에 골몰하는
한 마리 말매미이지 않나 하는 생각이 든다.

# 뻐꾸기

이 산으로 가도 뻐꾹
저 산으로 가도 뻐뻐꾹 뻐꾹
뻐꾸기소리 듣다 보면
남도 잡가 「새타령」을 부르는
구성진 목소리와 함께
뱁새나 개개비 둥지에 알을 낳고 떠나는
뻐꾸기의 잽싼 모습이 떠오른다

사람마다 듣는 귀가 달라서
쑥꾹새라고도 하는
뻐꾸기소리 듣다 보면
뻐꾸기 울음에 설움을 싣고 한을 얹는
시인들의 시와 함께
먼저 깨어나 등으로 다른 알을 밀어내는
뻐꾸기 새끼의 집요한 몸짓이 떠오른다

둥지 밖으로 알을 밀어낼 때
뻐꾸기 새끼의 등에는
어떤 촉감이 올까

자신보다 훨씬 몸이 클 때까지
뻐꾸기 새끼를 먹여 기른 뱁새는
자신의 새끼가 갑자기 뻐꾸기가 되어 날아갈 때
어떤 환영을 볼까

세상에 살아남기 위해 한 짓과
모르고 한 짓은 얼마나 용서받을 수 있을까
그냥 본성으로 돌리기엔 꺼림칙한
모성애에 대한 뻐꾸기의 능멸이
수많은 영상으로 잡힌 오늘날
그걸 모르고 지은 시와 노래는
앞으로 어떻게 읽히고 불릴 것인가.

# 애호랑나비

화야산 골짜기
얼레지와 현호색과 꿩의바람꽃이 피어
미모를 다투는 꽃밭에서
봄의 요정 같은 애호랑나비 한 쌍
향내 맡으며 꿀을 빨다가
이 송이 저 송이 온갖 꽃송이
너울너울 넘놀며 춤을 추다가
서로 꼬리를 맞대고 짝을 짓는다

이 혼례를 숨 막히게 훔쳐보는 풀이 있다
나비가 찾지 않는 소박데기 꽃을
발치에 숨겨둔 족도리풀
그런데 혼례 후의 애호랑나비는
얼레지와 현호색과 꿩의바람꽃은 제쳐두고
족도리풀만 찾아다니며 알을 낳는다
부화한 애벌레는 족도리 풀잎 갉아 먹으며
고물고물 굼실굼실 자라리라
족도리꽃은 찾지 않는 애호랑나비
족도리풀만 먹는 애호랑나비 애벌레

도대체 지상의 아름다움은
봄날의 환상 같은 애호랑나비처럼
무엇을 먹고살며 어디에서 생겨나서
어디로 사라지는 걸까.

# 복숭아 벌레

산책길에 만나는
복사나무에 복숭아가 익어서
꽃 필 때부터 기대한 열매가 탐스럽게 익어서
따서 한입 베어 무니 벌레가 나오고
다른 복숭아를 베어 무니 또 벌레가 나오고
예닐곱 개의 복숭아를 시험해보아도 다
벌레가 들어 속살을 파먹고 있다

과수원 농사꾼을 애먹이는 해충
복숭아심식나방 애벌레
알에서 깨어나자마자 열매 속에 잠입해
복숭아를 먹이이자 집으로 삼고
오동통하게 살이 올라
한 세월 잘 살고 있었던 것이다

벌레에게는 복숭아가 전부이지만
나에게는 여러 먹거리 중의 하나
하지만 벌레나 나나
태고로부터 전해지는

복숭아를 탐하는 맛망울을 함께 지니고 있다는
상념이 불쑥 떠올라 지워지지 않는다.

# 비애에게

비애야
꿈틀거리는 애벌레야
내 속에서 살고 싶으면
얼마든지 들어오렴

내 마음의 숲속
여린 풀잎이거나
거친 나뭇잎이거나
식성대로 갉아 먹으렴

배부르게 먹고
자고 싶은 데서 자고
뒹굴고 싶은 대로 뒹굴고
네 집처럼 멋대로 살려무나

더 이상 가눌 수 없고
뒹굴 수 없을 만큼
네 몸이 무거워지면
나는 너를 고치로 가두겠다

계절이 바뀌면 너는

고치를 뚫고

황홀한 나비가 되어 훨훨

내 눈길 밖으로 날아가거라.

# 곰소 염전에서

누구의 눈물이었을까
누구의 피였을까
저 햇살에 빛나는 소금 한 톨은

새우젓이 되거나
꼴뚜기젓이 되거나
간장게장이 되거나 할
저 햇살에 빛나는 소금 한 톨은

다시 누구의 눈물이 되어
흐느끼게 하고
누구의 피가 되어
심장을 뛰게 할까

아무런 상처 없이
상어 아가리도
고래 뱃속도 통과해왔을 저 소금 한 톨은.

# 거북 이야기

옛적부터 한반도 근해에는 거북이 산다. 그 거북은 동해 남해 서해를 넘실넘실 물결 타고 돌아다닌다. 먼바다로 나가는 일은 드물고 갯바위에 앉아 쉬며 파도를 맞는 습성이 있다. 그러다 심심하면 강을 거슬러 올라 산골짜기 폭포에서 물을 맞기도 한다.

예전에는 동해로 멀리 돌아 만주 송화강을 거슬러 오르기도 하였다. 한번은 기마부대에 홀로 쫓기는 청년을 등에 태워 건네주었다. 활 솜씨가 기막힌 그 무사는 뒷날 나라를 세워 왕이 되었다. 대대로 그 나라 왕들의 무덤 속 돌벽에는 신성한 거북을 그려 현무라 하였다.

또 한번은 동해 감포 앞바다 갯바위 근처에서 힘차게 자맥질하며 헤엄을 쳤다. 우연치 않게 그 갯바위는 몇 해 전에 서거한 왕을 화장해 뿌린 곳이었다. 하여 왕의 혼이 용이 되어 바다를 지킨다는 전설이 생겨났고 그때부터 그 바위를 대왕암이라 부르게 되었다.

다시 또 한번은 곰솔 숲과 모래밭이 좋은 삼척 해안을

지나는데 눈을 씻고 볼 정도로 아리따운 여인이 해당화 향내를 맡고 있었다. 그래 그 여인을 등에 태워 신나게 울릉도 여행을 다녀와서 보니 사람들이 작대기로 물을 치며 여인을 돌려달라고 노래하고 있었다.

또다시 한번은 여수 오동도 앞바다에서 파도를 타며 놀았다. 바다의 음악에 맞춘 그 파도타기를 유심히 지켜본 장수가 거북선을 만들었다. 얼마 후 남해는 십만 병사가 수장되는 전쟁터로 변했고 거북선은 진도와 부산 사이의 바다를 누비면서 청사에 빛나는 공을 세웠다.

이 땅의 곳곳에는 걸출한 인물의 공을 기려 세운 비가 많은데 오석의 비만으로 아쉬울 때는 화강석에 거북을 새겨서 그 위엄을 빛내곤 하였다. 수많은 돌거북 가운데 경주에 있는 무열왕비의 귀부는 당당하고 힘찬 모습을 가장 생생하게 조각한 걸작이다.

넘실넘실 물결 타는 재주가 빼어난 거북은 예로부터 지금까지 섬과 해안을 누비며 다니다가 때로는 강을 거슬러 오르면서 살고 있다. 가령 남해로 불쑥 튀어나온 돌산도 금오산이나 한강이 임진강을 맞이하는 오두산은 거북이 자주 찾은 것을 기념해 생긴 지명이다.

## 태백산 주목

예로부터 화랑부터 의병장까지 왕부터 무당까지
기도하러 오르는 이들의 발길이 끊이지 않는
태백산 장군봉 천제단 주변에는
살아 천 년 죽어 천 년 전설의 주목이 흩어져 있다

그중에는 껍질을 벗기 전 젊은 나무도 있고
이미 뼈대만 남은 고사목도 있지만
삶의 충동과 죽음의 인력 사이의 팽팽한 줄다리기를 견디느라
온몸이 심하게 뒤틀린 나무가 많다

나의 전생의 어미가 겨울잠 자고 나왔을 듯한 몸통에
죽은 가지가 산 가지보다 훨씬 많은 기이한 몰골들이
마치 온몸으로 기도하는 모습처럼 보이는데
이토록 절실하게 기도하는 모습은
어떤 조각가도 도저히 새길 수 없다고 보이는데

이제 삶의 충동과 죽음의 인력 사이의 줄다리기를
몸으로 느껴야 하는 내가 천제단에 올라

기도의 제목은 까마득히 잊어버리고

각자 살아온 생애처럼 기이한 모습의 주목들을 어루만지며

기도하는 자세만 흉내 내고 있다.

# 엉또폭포

가슴에 야심을 품고
거칠 것 없이 사는 이여
제주에 가거든
엉또폭포엔 가지 말게나
무슨 폭포가 물 한 방울 없느냐고
속은 게 분하다는 듯이
투덜댈 게 분명하니

세상의 변방에 살면서
바래버린 꿈을 아쉬워하는 이여
제주에 가거든
바닷가만 걷지 말고
엉또폭포에 다녀오게나
가서 일 년 중 며칠
폭우가 쏟아질 때나 드러나는
장쾌한 위용 상상해보게나

혹시 모르지
운이 좋으면 암벽 위를 나는
송골매까지 만날 수 있을지.

# 단풍나무에 기대어

아무리 잘 물든 단풍나무라도
낱낱의 잎사귀를 들여다보면
흠 없는 잎은 없다
멀리서 보면 눈부시게 휘황하지만
가까이서 보면 상처투성이다

하지만 구태여
가을날 잘 물든 단풍나무를 찾아
기대어 서는 것은
상처 많은 삶을 위로받기 위해서가 아니라
우중충하게 늙지 않기 위해서다

때 맞추어 잎 떨구지 못하고
얼어붙은 잎 잔뜩 매달고 있는 나무는
얼마나 추레한가.

# 최두석의 사무사思無邪

김종훈
(문학평론가)

 

최두석은 전형적인 시인보다는 시인-채록자에 가깝
다. 내면의 감정만큼 체험의 역사도 중요하다는 듯 그
는 직접 발품을 팔아 현실의 반경을 넓히고 그곳에서 만
난 이야기와 노래를 시로 구현해왔다. 최두석 시의 발원
지를 탐사할 수 있다면 거기에는 넘실대는 개인의 감정
에 앞서 둘레 세계에 대한 존중이 있을 것 같다. 그는 성
실한 채록자가 낼 법한 차분한 목소리로, 이 태도를 오래
전부터 꾸준히 유지해왔다. 그동안 그의 시는 줄글 형태
에서 행과 연을 구분하는 형태로 바뀌었고, 분단이나 민
중을 시작으로 개인과 촛불, 그리고 만물에 이르기까지
주요 관심사도 바뀌었다. 이 변화는 눈에 띄는 것이지만,

격동의 한국 현대사와 시대 반영의 시를 지향했던 그를 염두에 두면 자연스러운 것이기도 하다.

오히려 눈에 띄는 것은 거의 40여 년의 시간이 흐르는 동안 변하지 않는 개성이다. 『대꽃』 『성에꽃』 『사람들 사이에 꽃이 필 때』 『꽃에게 길을 묻는다』 『투구꽃』을 지나 『숨살이꽃』에 이르기까지 줄곧 시집 제목에 '꽃'(그의 시선집 명은 "망초꽃밭"이다)이 등장한다거나, 설화를 활용하고, 고유명사의 제목을 선호하는 등에서 오랫동안 묵묵히 고집스럽게 시를 쓰는 한 사람의 모습이 떠오른다. 그가 줄곧 추구한 시의 정신이 『숨살이꽃』에서는 어떻게 나타나는지, 시대의 영향으로 돌릴 수 없는 몇 가지 변화는 무엇인지 이 글에서 살펴보려 한다. 먼저 20년 전 시인의 말에 귀 기울여보자.

> 이야기는 그늘 속에서 곰삭아
> 노래가 되고
> 노래는 아스라이 하늘로 스러지며
> 이야기를 부른다.
> ──『사람들 사이에 꽃이 필 때』(문학과지성사, 1997)
> 뒤표지글

이 글은 하늘로 스러지는 노래와 그늘에서 삭는 이야기가 섞일 가능성에 대해 말하고 있다. 이야기와 노래의 분리가 전제된 표현인데 최근 최두석 시에는 이들 모두 생명이 깃든 만물 속에 있다. 인간의 기억을 보존하기 위해 도입되었던 이야기도 이제 주인공의 범주를 만물로 넓힌 반면 인물들은 거의 모습을 감추었다. 인간에 대한 회의나 적의 때문이라기보다는 만물 속에 인간이 포함되기 때문일 것이다. 『투구꽃』(창비, 2009)부터 보이던 이러한 기미가 『숨살이꽃』에서 만개한 듯하다. 그의 시는 시인 자신을 포함하여 자아와 대상 간의 구분을 지우는 쪽으로 진행된다. 하늘과 땅의 구분이 없으니, 섞이거나 스며들 까닭도 없다. 시인은 낮은 목소리로 비약과 도치 없이 순리에 따라 차근차근 이 땅의 여러 만남을 시에 풀어놓는다. 최두석의 『숨살이꽃』에서 우리는 이 시대의 '사무사'를 확인할 수 있는 것이다.

최두석의 시에서 간혹 보이던 돌올한 이미지가 자취를 감춘 까닭도 이와 관련되어 있다. 그의 대표 시 「성에꽃」을 상기해보자. 혹한기 새벽 시내버스에 탄 승객들의 한숨으로 차창에는 성에꽃이 핀다. 줄곧 관찰의 거리가 유지되다가, 갑자기 마지막 부분에서 화자의 감정이 드러나며 "오랫동안 함께 길을 걸었으나/지금은 면회마저 금지된 친구여"로 시가 마무리된다. 같은 시집에 수록된 「달팽이」에서도 임진강이 역류해 들어오는 문산천의 달팽이 무리의 죽음을 차분히 관찰하다가, 근처 돌비를 발견한 뒤 "핏빛 글씨로 '간첩사살기념비'"라는 문구를 클

로즈업하며 시가 마무리된다. 반전의 이미지가 출현한 배경에 우선 시인의 개성을 두어야겠지만 당대 시대상도 무시하기는 어렵다. 안정된 구도를 뚫고 나오는 시대의 울분이 잔존했던 것이다. 그러나 안정된 구도에는 개인과 시대의 감정이 골고루 분산될 수 있는 감정의 통로가 확보되어 있다.

시집의 제목이기도 한 "숨살이꽃"은 죽은 사람의 삶을 되돌린다는 뜻을 지닌 설화 속 꽃으로서, 이름만 보면 숨과 생과 꽃이 서로 어울려 환한 분위기를 연출하지만 그 배경에는 죽음이 놓여 있다. 생명을 지탱하는 '숨'과 생명의 가치를 높이는 '꽃'이 함께 죽음에 저항하는 기록이 『숨살이꽃』인 것이다. 1부의 음식에서는 꽃의 흔적을 발견할 수 있으며, 2부 꽃에서는 그것들의 숨으로 인식되는 향기를 맡을 수 있으며, 3부와 4부의 지명·나무·시인을 다룬 시에서는 보편적 사유의 힘과 언어의 숨소리를 느낄 수 있다. 음식에서건, 나무에서건, 지명에서건 '꽃'과 '숨'은 만난다. 숨이 있는 곳에 꽃이 있다기보다는 숨 그 자체가 꽃이다. 어떠한 삶도 소홀히 여길 것이 없으며, 어느 하나 필요 이상 떠받들 이유도 없다.

처음으로 고들빼기를 안 것은
꽃이 아니라 김치로였네
잎과 뿌리를 함께 먹을 때

아삭하게 씹히면서 혀에 감기는 쌉싸름한 맛
밥맛 돋우는 별미로 아껴 먹었네

김치로만 알고 먹다가
꽃을 안 것은 한참 나중이라네
늦은 봄날 길가에서 흔히 만나는 꽃
노랗게 빛나는 꽃 이름을 처음 듣고서는
세상의 한 귀퉁이가 문득 환해졌네

꽃과 김치 사이의 안개가 걷히고서
고들빼기 김치 맛은 한층 각별해졌네
김치 한 가닥 밥숟갈에 얹어 먹으면
언제라도 밥상머리에 꽃이 아른거리네
참 고맙고 귀한 밥상이라네.

—「고들빼기」 부분

꽃으로는 씀바귀, 음식으로는 고들빼기로 불리는 식
물이 소재로 선택되었다. 별개인 줄 알았는데 애초에 하
나였다는 깨달음이 전언의 전부는 아니다. 고들빼기라
는 잎과 뿌리, 씀바귀라는 꽃은 서로에게 영향을 끼치는
데, 고들빼기를 먹을 때 더욱 각별한 맛을 느끼게 되는
까닭은 미각의 차원에서 비롯되는 것이 아니라 "밥상머
리에 꽃이 아른"거리는 대목에서 확인할 수 있듯 이는

아름다움에서 비롯한다. 감각적 쾌감에 미적 쾌감이 첨가되는 것이다. 이를 음식과 꽃의 위계 설정이나 이에 대한 인식의 변화로 이해하는 것은 무리이다. 오히려 인식의 확장이라고 해야 하지 않을까. 전언을 풀어 쓰면 다음과 같다. 사소해 보여도 꽃을 품고 있지 않은 것이 없으며, 귀중해 보여도 숨 쉬지 않는 것이 없다.

줄기나 뿌리에서 꽃을 느끼는 방식은 시집에서 계속 반복된다. 최두석의 목소리는 한결같아서 마치 평지를 걷거나 완만한 경사를 오르내릴 때처럼 목소리의 힘이 골고루 분산되어 있다. 인식이 확장되는 순간에도 차분하고 낮은 목소리는 갑자기 높아지거나 강해지지 않는다. 꼭 강조할 필요가 있을 경우 그는 질문의 형식으로 문장을 구성한다. 최두석 시의 질문은 답을 구하기보다는 상상의 폭을 열어놓는 역할을 한다. 「고들빼기」에서도 표 나게 드러나지는 않지만, "세상의 한 귀퉁이가 문득 환해졌네"와 같은 답변에서 잠재된 질문을 추정할 수 있다. 음식을 소재로 한 다른 시들을 보자.

노루와 산양이 뛰노는 낙원의 언덕에서
가시를 버리고 기꺼이 순한 먹이가 될까
—「섬나무딸기」 부분


웅녀의 신화 속 마늘과 쑥은

실상 유목이 농경으로 바뀌는 데 필요한

먹거리가 아니었을까?

—「두메부추」 부분


그때 내가 품은 의문은 고작

손오공은 왜 자두가 아니고 복숭아를 따 먹었을까였

다네.

—「자두나무」 부분


스님으로 늙어가면서도

어머니의 젖내음을 잊지 못해서?

—「일지암 유천」 부분


「섬나무딸기」의 질문은 딸기의 가시를 보면서 제기된 것이다. 섬나무딸기 가시는 제 몸과 맛을 보호하기 위해 생겼다는데, 천국에 가면 경계할 대상이 사라지니 가시 또한 사라지지 않을까. 천국이라는 다른 세계가 불려오고 감각의 구체성이 곧 이 세계의 특성이라는 것을 새삼 환기한다. 「두메부추」의 화자는 유목의 피를 확인하러 간 몽골에서 농경의 피를 확인한다. 한국에서는 음식인 두메부추가 여기에서는 풀에 지나지 않으니 혹시 웅녀의 마늘과 쑥도 유목에서 농경으로 바뀌는 시기를 상징하는 음식 아니었을까. 질문에 의해 신화의 시간이 초

대된 것이다. 「자두나무」에서는 먼저 손오공이 자두 아닌 복숭아를 따 먹은 이유를 물으며 설화의 시간을 호출한다. 그리고 또 하나의 다른 시간이 덧붙는다. 자신은 걱정 없이 자두를 따 먹었던 그 시절 몰락의 길을 걷던 친척의 삶을 떠올린 것이다. 「일지암 유천」의 화자는 질문의 형식을 빌려 찻물로 쓰는 샘물 이름에 젖이 들어간 까닭을 경전이 아닌 자신이 맡았던 젖냄새에서 찾는다. 자신이 기억하는 최초의 시간이 경전의 말씀과 같은 층위에서 지금 이 시간에 소환된 것이다.

그의 질문은 다른 세계로 나아가는 구름판 구실이자 이 세계를 유지하는 안전판 구실을 한다. 달리 말하면 이 세계에 다른 세계가 유입되는 것인데, 그로 인해 일상 세계는 상서로워지고 이 세계의 감각은 돋보이게 된다. 음식의 맛에 존재의 기원이, 멀리 있는 세계가, 신화의 시간이, 잊고 있던 최초의 시간이 덧씌워지는 것이다. 다른 세계를 향한 동경이나 이 세계의 고뇌가 강조되는 것이 아니라는 점은 부연할 필요가 있다. 줄기와 뿌리의 숨길에서 꽃향기를 맡는 시인이 그이다.

『숨살이꽃』에서는 딸기, 부추, 자두 등 낮은 목소리로 말해야 옅은 숨소리를 들을 수 있는 미물이 그들의 세계를 연출한다. 시인은 마치 답사 도중 우연한 만남을 채록하는 사람처럼 터벅터벅 걸으며 그곳에서 마주치는 음식, 꽃, 지명 등을 시에 옮겨놓는다. 여기에서 넘치는 정념, 기발한 비유 등 시인으로 기대할 만한 주체의 능력을 확인하기는 어렵다. 그곳에서 확인할 수 있는 것은 한 발짝 물러나 있는 시인 – 채록자이며, 자신의 시간을 시에 풀어놓는 대상들이다. 그의 시가 순리를 따르면서 동시에 타성을 깨는 까닭이 여기에도 있을 것이다.

올망졸망 검게 여문 열매를 보고
남녘에서는 쥐똥나무라 부르지만
북녘에서는 검정알나무라 한다고 한다
약으로도 쓰고
차로 달여 먹기도 하기 때문이란다

꽃내음을 그윽이 맡고
차를 달게 마시려면
쥐똥이라 부르면 안 되는가
아마도 이름으로 하여 향과 맛을 망칠 수 없으리라
약효야 무슨 상관이랴만

하지만 나는 계속 쥐똥나무라 부를 것이다
누군가 생긴 대로 부르기 시작하여
입에서 입으로 전해오는 말을 꺼리지 않으리라
입맛에 거슬리는 차는 마시지 않고
좋은 향내는 이름에 방해받지 않고 맡으리라.

그렇다면 최두석은 어떻게 자신을 낮추고 둘레 세계를 존중하는지 살펴보자. 우선 대상의 특성을 보존하는 것을 꼽을 수 있다. 인용 시의 제목이기도 한 "쥐똥나무"는 검정알나무로도 불린다. 약으로 쓰이기에 쥐똥이라는 표현이 어울리지 않기 때문이라는데, 호명이나 효용은 사실 나무의 특성과는 상관없는 일이다. 나무에는 작은 꽃이 있고 검은 열매도 있다. 그는 질문한다. 오랫동안 여러 사람이 쓴 '쥐똥'을 넣어 부르면 왜 안 되는가. 그는 이 질문으로 개별 대상들을 맛과 향 그리고 생김새와 같은 성질을 의사소통에서 필요한 이름과 분리한다. 즉 세계를 인식하는 층위를 감각과 추상으로 나눈 것이다.

시인은 "이름으로 하여 향과 맛을 망칠 수 없으리라"는 말에서 확인할 수 있듯 감각적 세계의 고유한 특성에 주목한다. 또 시인은 여러 사람에 의해 구비전승되어 온 이름은 그 자체로 생명을 가졌다고 생각하는 듯하다. 필요에 의해 만들어진 이름이 추상적이라면 구전된 명칭은 이미 추상의 범주를 벗어났다는 듯, 그는 "입에서 입으로 전해오는 말을 꺼리지 않으리라" 다짐한다. 최두석은 만물의 소리에 귀 기울이고 민중을 중시하는 한편 쓸모와 논리로 세상을 재단하는 인위적인 시도를 경계한다. 굳이 특정한 사람이 시에 나올 필요가 없는 것이다.

산책길에 만나는

복사나무에 복숭아가 익어서

꽃 필 때부터 기대한 열매가 탐스럽게 익어서

따서 한입 베어 무니 벌레가 나오고

다른 복숭아를 베어 무니 또 벌레가 나오고

예닐곱 개의 복숭아를 시험해보아도 다

벌레가 들어 속살을 파먹고 있다


[……]


벌레에게는 복숭아가 전부이지만

나에게는 여러 먹거리 중의 하나

하지만 벌레나 나나

태고로부터 전해지는

복숭아를 탐하는 맛망울을 함께 지니고 있다는

상념이 불쑥 떠올라 지워지지 않는다.

　　　　　　　　　　　　　　　—「복숭아 벌레」 부분


　　산책길 복숭아나무에 꽃이 피고 열매가 익어 예닐곱 개를 따 먹었는데, 그때마다 벌레가 나온다. 복숭아를 먹이이자 집으로 대하는 애벌레를 보며 시인은 특별한 감정에 사로잡힌다. 복숭아를 먹는 것은 애벌레나 자기 자신이나 매한가지. 벌레가 열매를 못 먹게 하는 방해꾼에서 같은 취향을 가진 동료로 바뀌는 순간이다. 자신을 투사하여 시의 소재와 동일시하는 것도 최두석이 세계를 존중하는 방법 중 하나이다. 벌레와 인간은 맛을 매개로, 즉 같은 취향을 매개로, 더 나아가 생명을 매개로 대결하는 사이에서 공감하는 사이가 되었다. 그것은 자의적인 선택이 아니라 "태고로부터 전해지는", 운명 공동체의 의미를 띤 필연적인 결과였다.

시에서 자신을 낮추고 벌레를 높이는 과정은 자연스럽다. 나무를 보고 꽃을 보고 열매를 기다리고 열매를 먹어보고 애벌레를 발견하고 동변상련을 느끼는 과정에 인위적인 요소가 개입될 여지는 없어 보인다. 시인은 시간의 순서를 복잡하게 얽어 흥미를 끌거나 본인이 아니면 발견할 수 없는 유사성을 내세워 자신을 드러내지 않는다. 그는 시간의 흐름에 진술의 순서를 맡겨 벌레와 화자가 동병상련의 관계가 되는 과정을 천천히 서술한다. 모두 같은 시간에 숨 쉬고 있는 인연이라고 말하는 듯 자신의 고유한 권한을 내려놓고 다른 대상들과 함께 시간의 흐름에 동참하는 것이다.

현대판 전설의 꽃 가까이 보며
칠백 년 동안 기약 없이 기다리던
씨앗은 땅속 어둠에 묻혀

어떻게 잠자고 숨쉬었을까

꿈결처럼 아득히 아릿하게 그려보네


지상의 햇살 누리며 시 쓰는 자로서

지면에 발표는 되었으나

가뭇없이 사라지는 수많은 시편들 가운데

몇십 년 몇백 년을 묻혀 있다

발굴되어 새로 꽃피울 시를 상상하네


숨구멍이 막힌 씨는 썩는다네

말에 숨구멍 만드는 이가 시인이라면

곳곳에 은밀하게 숨구멍이 있는 시라야

오랜 세월 움틀 날 기다리는

씨가 되리라 생각하네.

　　　　　　　　　　　　　　　—「아라홍련」부분


　둘레 세계를 존중하는 세번째 방법은 시의 소재에 설화와 역사를 기입하는 일이다. 시의 제목 "아라홍련"은 설화 속 연꽃의 고유명이다. 시인은 함안에 와서 연꽃을 보고 오래된 연못을 발굴하며 수습한 설화 속 꽃을 떠올린다. 7백 년 동안 땅속에 묻혀 있었다는 사실에 경이로워하며 연꽃에 자신이 쓴 시를 대입해본다. 시인이 쓰는 시도 그럴 수 있을까. 수없이 쓴 시 중 어떤 것이 수백 년

후 발굴되어 재조명받을 수 있을까. 미래의 일은 알 수 없다. 연꽃이 그러했던 것처럼 그때까지 견딜 수 있는 숨구멍을 시에 내는 것이 지금 할 일이다. 연꽃의 가르침이 이러하다.

시는 여정을 밝히고 견문을 적고 감상을 표현하는 순서를 따랐다. 기행 답사를 닮기도 했고 한시의 선경후정先景後情 방식을 닮기도 했다. 어느 쪽이건 경물을 자신의 감정보다 앞세운 겸손한 자아의 모습을 새삼 엿볼 수 있다. 시인 자신 대신 주목을 받는 '아라홍련' 즉 연꽃은, 고유한 속성을 간직하는 동시에 스승의 역할을 맡아 시인에게 일깨움을 주고, 더 나아가 설화와 접속하며 아득하고 편한 시간의 깊이를 확보한다. 시인 ─ 채록자로서 최두석은 둘레 세계의 반경을 넓히며 그 깊이를 확보한다. 이때 숨길은 공동체의 구성원을 묶는 근본적인 매개체이다.

> 산길 가다가 좋은 꽃밭 만나면
> 살살이꽃이 어디에 숨어 있나
> 숨살이꽃이 어디에 숨어 있나
> 두리번거리는 버릇이 있다
> 마치 산삼 찾는 심마니처럼
>
> [……]

사진으로는 찍을 수 없고

늙은 무녀의 목쉰 노래로

귓가에 맴돌며 피는 꽃

상처에 문지르면 살이 돋아 살살이꽃

가슴에 문지르면 숨이 트여 숨살이꽃


산길 가다가 그윽한 꽃내음 맡으면

향내가 숨결에 스미고

핏속에 번지는 느낌이 좋아

잠시나마 그 꽃을 두고 살살이꽃 혹은

숨살이꽃이라 여기기도 한다.

—「숨살이꽃」부분


    표제시인 「숨살이꽃」은, 숨길이 지닌 맥락을 선명히 보여준다. 시인은 오늘도 산행을 한다. 산행은 평범한 것이지만, 그 일상 자체를 비범하게 하는 것은 보이지 않는 살살이꽃과 숨살이꽃이다. 바리데기 설화에 등장하는 꽃은, "상처에 문지르면 살이 돋아 살살이꽃/가슴에 문지르면 숨이 트여 숨살이꽃"의 역할을 맡고 있는데, 이로 인해 산행은 설화 속 꽃을 찾는 여정과 겹치게 된다. 그러나 지상에 없는 고귀한 가치를 좇아 자신의 생을 소모하는 모습을 시에서 떠올리는 것은 무리다. 설화의 꽃은 삶 전체의 희생을 요구하지 않는다. 그는 「시인의 말」에서 "사람의 숨결도 꽃으로부터 온다./나는 시의 꽃을 피우려 하고/꽃은 나의 호흡에 생기를 불어넣는다"고 했다. 「숨살이꽃」에서는 꽃을 찾는 과정이 곧 고귀한 삶이다.

"사진으로는 찍을 수 없고/늙은 무녀의 목쉰 노래로" 귓가를 맴도는 꽃에 주목해보자. 꽃은 고정된 피사체가 아니라 치성을 오래 드려 쉰 목에서 흘러나오는 노래이며, 소유하는 대상이 아니라 사는 과정 그 자체이다. 화자는 간혹 맡는 다른 꽃향기를 살살이꽃, 숨살이꽃으로 여기려 한다. 현실에서 군이 그 꽃들을 직접 볼 필요 없다는 뜻이다. 설화의 사건은 설화 속에서 생명을 지니고 현실에 영향을 끼친다. 현실에서 이를 입증하려 할 때, 삶이 성스러워지기보다는 설화가 낭비되기 쉽다. 그에게는 '숨을 살리는' 꽃이 곧 삶인 것이다.

    물길은 말길과 통하고
    말길은 숨길과 통한다

    물길이 제대로 열려야
    모든 생명이 고르게 숨쉴 수 있다

    말길이 제대로 열려야

사람답게 사는 세상이 된다

우리 몸 어디에 생채기가 나도
피가 스며 나온다는 것은 얼마나 놀라운 일인가
어디나 몸속에는 실핏줄이 통하고 있다

세상의 물길과 말길과 숨길은
몸속 핏줄과 통하고 있다
그래서 살아 숨쉴 수 있다

시인이란 자신의 말길을 열어
세상의 물길과 숨길과
은밀히 소통하는 자이다.

—「시인」 전문

산행과 마찬가지로 시를 쓰는 일도 살을 돋게 하고 숨을 트이게 하는 일이다. 그가 생각하는 시인의 모습이 응축된 「시인」을 보자. 물길은 모든 생명을 받들고 말길은 사람다운 세상을 일군다. 몸을 받들고 있는 실핏줄은 몸속의 물길이며 시인을 지탱하는 것은 보편적 개성을 지닌 또 다른 말길이다. 이 밖에도 길은 여러 곳에 나 있고, 이들은 숨을 매개로 서로 통한다. 길은 다른 세계와 만나는 가능성을 열어준다. 길은 서로에게 평등하다.

"은밀히 소통하는 자"는 숨살이꽃을 삶 깊숙이 간직한 자, 즉 시인이다. 독자는 언어를 소통의 도구로 대하는 데 익숙하지만 시인은 평소 언어를 물질로, 존재로, 목적으로 다루려 애쓴다. 즉 일상적인 말은 즉각적인 소통을 중시하지만, 시의 말은 이를 지연시켜 은밀한 소통을 지향한다. 소통의 은밀함은 은밀함을 즐기는 과시욕이 아니라 말길의 물질성을 드러내려는 안간힘에서 비롯한다. 그것이 이뤄질 때 말길은 다른 길과 함께 숨을 살리는 길에 동참할 수 있을 것이다.

'은밀한 소통'이 환기하는 것은 비가시적인 소통의 경로이면서 동시에 폭넓은 소통의 범위이다. 길의 연대는 만물의 평등을 전제로 한다. 큰 자아가 작은 대상을 해치고, 큰 말이 작은 말을 억압하는 위계가 여기에서는 용납되지 않는다. 최두석의 시가 닿기를 원하는 대상은 인간을 넘어선 생명을 가진 만물이다. 이번 시집에서 유독 숨과 생명의 기미를 찾는 까닭도 이와 연관 있을 것이다. 개별 대상의 고유한 특성을 존중하고 기억을 복원하고 설화의 시간을 잇대놓으며 그의 시 세계는 조용히 확장한다. 그러므로 앞으로 펼쳐질 최두석의 행보에 대해서는 다음과 같이 이야기할 수밖에 없다. '사무사'의 길은 완만한 경사로 길게 이어질 것이며, 그 길은 어느새 '만물보萬物譜'의 장관을 이룰 것이다. ▨